Retold in both Spanish and English, the universally loved story *Rumpelstiltskin* will delight early readers and older learners alike. The striking illustrations give a new look to this classic tale, and the bilingual text makes it perfect for both home and classroom libraries.

Vuelto a contar en español e inglés, el universalmente querido cuento de *Rumpelstiltskin* deleitará por igual a lectores jóvenes y estudiantes adultos. Las llamativas ilustraciones le dan una nueva vida a este clásico cuento, y el texto bilingüe lo hace perfecto tanto para el hogar como para una biblioteca escolar.

First published in the United States in 2007 by Chronicle Books LLC.

Originally published in Catalan in 1996 by La Galera, S.A.U. Editorial.

Bilingual version supervised by SUR Editorial Group, Inc.
English translation by Elizabeth Bell.
Book design by Meagan Bennett.
Typeset in Weiss and Handle Oldstyle.
Manufactured in Hong Kong.

Library of Congress Cataloging-in-Publication Data
Carrasco, Xavier.
[English & Spanish]
Rumpelstiltskin / adaptation by Xavier Carrasco ; illustrated by Francesc Infante.
p. cm.
Summary: A strange little man helps the miller's daughter spin straw into gold for the king on the condition that she will give him her first-born child.
ISBN-13: 978-0-8118-5971-4 (hardcover)
ISBN-10: 0-8118-5971-1 (hardcover)
ISBN-13: 978-0-8118-5972-1 (pbk.)
ISBN-10: 0-8118-5972-X (pbk.)
[1. Fairy tales. 2. Folklore—Germany. 3. Spanish language materials—Bilingual.] I. Infante, Francesc, 1956– ill. II. Rumpelstiltskin (Folk tale). English & Spanish. III. Title.
PZ74.C37 2007
398.2—dc22
[E]
2006034846

Distributed in Canada by Raincoast Books
9050 Shaughnessy Street, Vancouver, British Columbia V6P 6E5

10 9 8 7 6 5 4 3 2 1

Chronicle Books LLC
680 Second Street, San Francisco, California 94107

www.chroniclekids.com

Rumpelstiltskin

ADAPTATION BY XAVIER CARRASCO

ILLUSTRATED BY FRANCESC INFANTE

chronicle books · san francisco

Once upon a time there was a miller who had a daughter. One day as the king was passing the mill, the miller boasted to him:

"Your Majesty, do you see this daughter of mine? She can spin straw into gold!"

"Really?" the king exclaimed admiringly. "That is a marvel I would like to see."

And he ordered that the girl be brought to the palace.

Érase una vez un molinero que tenía una hija. Un día, mientras el rey pasaba cerca del molino, el molinero, para darse importancia, le dijo:

—Majestad, ¿veis esta hija mía? ¡Ella puede hilar la paja y convertirla en oro!

—¿De veras? —exclamó el rey, admirado—. Ésa es una maravilla que me gustaría ver.

Y ordenó que llevaran a la chica al palacio.

When the miller's daughter arrived at the palace, the king led her to a room containing a great pile of straw and a spinning wheel.

"Spin all this straw into gold by tomorrow morning," he ordered.

The king locked the door behind him, and the poor girl, not knowing what to do, began to cry.

Cuando la hija del molinero llegó al palacio, el rey la condujo a una sala en la que había un gran montón de paja y una rueca.

—Mañana por la mañana tendrás que haber hilado toda esta paja en oro— ordenó.

El rey salió, cerrando la puerta con llave, y la pobre chica, sin saber qué hacer, se puso a llorar.

Suddenly, a strange little man appeared.

"Why are you crying?" he asked.

"I have to spin all this straw into gold by tomorrow morning. I don't know what to do!" explained the girl.

"What will you give me if I do it for you?" asked the little man.

"I will give you my necklace," she replied.

And taking the necklace, the little man began to spin as fast as he could. By morning he had spun all the straw into gold.

De repente apareció un hombrecillo muy extraño.

—¿Por qué lloras? —preguntó.

—Tengo que hilar toda esta paja en oro por la mañana. ¡No sé qué hacer! —explicó la muchacha.

—¿Qué me darás si lo hago por ti? —dijo el hombrecito.

—Te daré mi collar —contestó la chica.

El enano cogió el collar e hizo girar la rueca a toda velocidad. A la mañana toda la paja se había convertido en oro.

The next morning, the king was delighted to find the pile of gold. Being a very greedy king, he locked the miller's daughter in a bigger room with a bigger pile of straw, and again he told her to spin the straw into gold by morning. Once again the miller's daughter began to cry, and once again the little man appeared.

"What will you give me if I do it for you?" he asked.

"I will give you my ring," she replied.

And taking the ring, the little man began to spin as fast as he could. By morning he had spun all the straw into gold.

A la mañana siguiente, el rey se puso muy contento cuando vio el montón de oro. Pero, como era un rey muy avaricioso, encerró a la hija del molinero en una sala mayor que la primera, donde había un montón de paja aún más grande, y otra vez le ordenó que la hilara toda en oro para por la mañana. Como antes, la chica se puso a llorar, y como antes apareció el hombrecillo.

—¿Qué me darás si lo hago por ti? —preguntó.

—Te daré mi anillo —respondió ella.

El enano cogió el anillo e hizo girar la rueca a toda velocidad. A la mañana toda la paja se había convertido en oro.

The king was amazed. But still he was not satisfied. He locked the girl in yet a bigger room with yet a bigger pile of straw and told her that if she spun all this straw into gold by morning, she would become queen. Once again the miller's daughter began to cry, and once again the little man appeared.

"I have nothing left to give you," said the miller's daughter.

"Why not give me your first-born son?"

Without thinking of the future, the girl promised the little man, and once again, he spun the straw into gold.

The next day, the king and the miller's daughter were wed.

El rey se quedó maravillado. Pero todavía no tenía bastante. Encerró a la muchacha en una sala aún mayor, con un montón de paja aún más grande que el último, y le dijo que, si a la mañana siguiente la había hilado todo en oro, ella sería la reina a partir de entonces. Como antes, la chica se puso a llorar, y como antes apareció el hombrecillo.

—Ya no tengo nada que darte —dijo la molinera.

—¿Por qué no darme el primer hijo que tengas?

Sin pensar en el futuro, la muchacha prometió al hombrecillo lo que le pedía, y una vez más el enano hiló la paja en oro.

Al día siguiente, el rey se casó con la hija del molinero.

A year later, the queen gave birth to a son. She had forgotten all about her promise to the little man. One day, the little man appeared in the palace garden to claim the child. The queen begged him not to take her son and offered in his place all the riches in her kingdom. But the little man said he preferred the boy to any treasure.

"A promise is a promise and must be kept," he said.

But the queen wept so pitifully that the little man felt sorry for her.

"I will wait three days," he said. "If by then you can find out my name, you can keep the child."

Al cabo de un año, la reina tuvo un hijo. Ya no se acordaba de la promesa que había hecho al enano. Un día, el enano se le apareció en el jardín del palacio para reclamar al niño. La reina le rogó que no se llevara a su hijo, y le ofreció a cambio todas las riquezas de su reino. Pero él dijo que prefería el niño a todos los tesoros.

—Una promesa es una promesa, y se tiene que cumplir —dijo.

Pero la reina se puso a llorar, y daba tanta pena que el hombrecillo se compadeció de ella.

—Esperaré tres días —dijo. Si en este tiempo averiguas cómo me llamo, te podrás quedar con tu hijo.

That night, the queen stayed awake thinking of every name she knew, and her messengers scoured the kingdom to find still more.

The next day, when the little man arrived, the queen asked:

"Is your name John, Jack, or George?"

"No, none of those," he answered.

"Paul, Peter, or Matthew?"

"No, no, and no."

The queen listed all the common names she knew, but the little man always shook his head.

Aquella noche, la reina se quedó despierta pensando en todos los nombres que conocía; y sus mensajeros viajaban por todo el país buscando otros.

Al día siguiente, cuando se presentó el hombrecillo, la reina preguntó:

—¿Te llamas Juan, José o Jorge?

—No, no me llamo así —contestó el enano.

—¿Pablo, Pedro o Mateo?

—No, no, tampoco.

La reina fue diciendo todos los nombres corrientes que conocía, pero el enano siempre negaba con la cabeza.

On the second day, the queen tried the strangest names she knew:

"Is your name Clubfoot, Pokerspine or Funnymug?"

"No."

"Unibrow, Runnynose, or Bulgebottom?"

"No, none of those either."

Al segundo día, la reina probó con los nombres más extraños que había oído:

—¿Te llamas Piernacorta, Espaldarrecta o Jetarrara?

—No.

—¿Y Cejijunto, Mocovivo o Nalgudo?

—No, no, tampoco.

By the third day, the queen feared she would never guess the little man's name and would lose her son. Then one of her messengers arrived with this tale:

"Last night, in the middle of the woods, I saw a very strange little man dancing around a bonfire, singing:

Today I dance, sing, and bake,
For tomorrow the prince I will take!
Not even the queen can win this game
For Rumpelstiltskin is my name!"

When the queen heard this, she jumped for joy.

Al tercer día, la reina temía que nunca averiguaría el nombre del enano y perdería a su hijo. En eso llegó uno de sus mensajeros y le contó un hecho curioso:

—Anoche, en medio del bosque, vi un hombrecillo muy extraño que bailaba alrededor de una hoguera y cantaba:

Hoy bailo y canto y salto porque espero
Del hijo del rey ser mañana el amo.
La reina no lo sabrá nunca, pero
¡Rumpelstiltskin es como yo me llamo!

Cuando la reina oyó eso, saltó de alegría.

Soon, the little man appeared.

"Today is your last chance! Do you know my name?" he asked.

"Is it James, Michael, or Andrew?" said the queen, so he wouldn't guess she had been told.

"No, no, no!" the little man exclaimed, hopping with excitement.

"What about . . . Rumpelstiltskin?"

Al cabo de un rato, se presentó el hombrecillo.

—¡Hoy es el último día! —dijo—. ¿Ya sabes cómo me llamo?

—¿No te llamarás Jaime, Miguel o Andrés? —dijo la reina, para que el enano no supiera que se lo habían contado.

—¡No, no, no! —exclamó el enano, saltando de contento.

—Entonces . . . tal vez . . . ¿Rumpelstiltskin?

"Who told you that?" he shrieked.

He stamped his feet so hard and so furiously that he sank into the ground. And he has never been seen since.

Quién te lo dijo? —exclamó chillando.

Se puso a patalear con tal fuerza y con tanta furia que finalmente se hundió en la tierra. Y nadie lo ha visto nunca más.

Also in this series:

Aladdin and the Magic Lamp ✦ Beauty and the Beast ✦ Cinderella ✦ Goldilocks and the Three Bears
Hansel and Gretel ✦ The Hare and the Tortoise ✦ Jack and the Beanstalk ✦ The Little Mermaid
Little Red Riding Hood ✦ The Musicians of Bremen ✦ The Princess and the Pea
Puss in Boots ✦ Rapunzel ✦ The Sleeping Beauty ✦ The Three Little Pigs
Thumbelina ✦ The Ugly Duckling

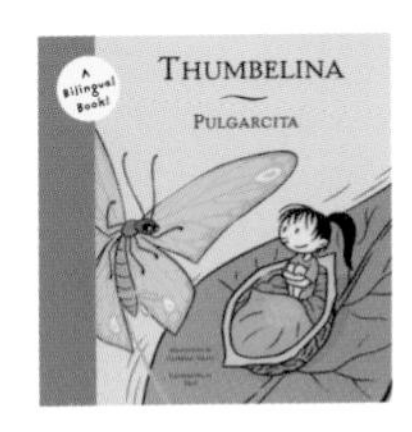

También en esta serie:

Aladino y la lámpara maravillosa ✦ La bella y la bestia ✦ Cenicienta ✦ Ricitos de Oro y los tres osos
Hansel y Gretel ✦ La liebre y la tortuga ✦ Juan y los frijoles mágicos ✦ La sirenita
Caperucita Roja ✦ Los músicos de Bremen ✦ La princesa y el guisante ✦ El gato con botas
Rapunzel ✦ La bella durmiente ✦ Los tres cerditos ✦ Pulgarcita ✦ El patito feo

Xavier Carrasco is an author and translator who has been involved in publishing for his entire career. He specializes in books for children and young adults. He lives in Barcelona, where he can enjoy his two great passions: books and the sea.

Xavier Carrasco se ha dedicado desde siempre a la edición, especialmente la de libros para niños y jóvenes. Ha escrito varios cuentos y libros y también ha hecho traducción. Vive en Barcelona, donde puede disfrutar de sus dos grandes pasiones: los libros y el mar.

Francesc Infante is a well-known illustrator of children's books, comics, and magazines. In 1996 he was the recipient of the National Illustration Prize from the Spanish Ministry of Culture.

Francesc Infante es un conocido ilustrador de libros para niños, historietas y revistas. En 1996, él recibió el Premio Nacional de Ilustración del Ministerio de Cultura de España.